I0546833

CONSOLATION
A
RES-ILLVSTRE
ET TRES-VERTVEVSE
PRINCESSE MADAME LA
Duchesse de Montpensier.

SVR LE TRESPAS
DE MONSEIGNEVR
SON PERE.

A PARIS,
Chez ROLIN THIERRY, ruë S. Iaques,
au Soleil d'or.

1608.

A MONSEIGNEVR

MONSEIGNEVR

l'Illuſtriſſime & Reuerendiſſime
Cardinal de Ioyeuſe.

ONSEIGNEVR,

Ayant fait ce poëme pour Madame de Mont-
penſier voſtre Nièpce, ſur le treſpas de Monſei-
gneur ſon Pere, à fin que m'efforçant de la ſoulager en ſa douleur, ie peuſſe par meſme moyen
me donner quelque allegeance en la mienne,
l'ay iugé qu'il eſtoit plus ſeant de vous en faire
l'addreſſe pluſtoſt qu'à elle-meſme. Car apres
auoir bien conſideré ſa grandeur & ma foibleſſe,
ie ſuis entré en apprehenſion que ce petit ouura-
ge ne ſe trouue pas digne d'elle, ny propre pour

A ij

eſtre employé à la conſolation d'vne ſi grande Princeſſe en vne ſi grande affliction ? C'eſt pourquoy i'ay mieux aimé vous l'enuoyer, à fin que voſtre Illuſtriſſime Seigneurie, qui excelle en toute autre vertu, mais eſt admirable en prudence, en daigne vſer ſelon qu'elle aduiſera pour le mieux. Car mon intention n'ayant eſté autre en trauaillant à ce poëme, ſinon de donner à ceſte tres-vertueuſe Princeſſe quelque teſmoignage de ma tres-humble deuotion à ſon ſeruice, i'aurois vn extreme regret, que par vn effect contraire à mon deſſein, ce poëme ainſi qu'vn remede mal preparé, où peu heureuſemét appliqué, vint à aigrir le mal, au lieu de le ſoulager. Ie ſçay combien ſa playe eſt douloureuſe, & qu'il n'y faut toucher qu'auec vne tres-grande diſcretion & ſinguliere dexterité. Ce redoublement de perte aduenuë coup ſur coup du Mary, puis du Pere (noms autant pleins de douceur en la iouyſſance, que pleins de douleur en la deffaillance de choſes ſi cheres) eſt vn vlcere de l'ame ſi profond, qu'il n'appartient qu'aux plus grands Maiſtres d'y mettre la main. C'eſt vn ſuject digne de la grandeur de voſtre courage, qui ſçait faire

son profit de sa perte, & prendre son aduantage
en ses aduersitez. Comme ie m'asseure qu'en ceste occasion vous ferez admirer vostre constance en passât par dessus vostre propre deüil, quoy
que tres-grand, comme au trauers des flammes
ardentes, pour aller consoler celuy de Madame
vostre Niepce, & la tirer de la peine, où le malheur l'a si cruellement engagée. Si ceste piece
que ie vous enuoye y peut seruir, ce me sera vn
honneur, duquel la felicité ne se peut exprimer:
Sinon, au moins auray-ie ce contentement qu'il
aura esté bien receu de vous, & caressé auec la
mesme faueur que les autres ouurages de ma
main que ie vous ay cy deuant presentez. I'en
parle ainsi confidemment, parce que ie suis trop
estroittement obligé par vos bien-faits, pour
douter de vostre bien-veillance: la possession de
laquelle, ie prie le Createur me conseruer aussi
entiere & fauorable, comme l'vsage m'en a esté
iusques icy fructueux & honorable, & me faire
la grace de continuer d'estre tousiours,
Monseigneur,

Vostre tres-humble & tres-obeissant
seruiteur, I. DE MONTEREVL.

A iij

CONSOLATION

A TRES-ILLVSTRE ET TRES-VERTVEVSE PRINCESSE, Madame la Ducheſſe de Montpenſier.

SVR LE TRESPAS DE MONSEIGNÉVR SON PERE.

ELLE & ſage Princeſſe, orne-
ment de noſtre aage,
Qui ton ſexe as vaincu par vn maſle
courage;
Dont la meure ſageſſe en ton ieune
Printemps
Bien loing par ton merite a deuancé tes ans;
En qui, d'vn beau combat auec pareille gloire
Le ſang & la vertu balancent la victoire:
Bien que de ta vertu l'inuincible valeur

Semble de la noblesse emporter la grandeur:
Princesse-il est saison, c'est à ce coup, Princesse,
Que ton cœur assiegé d'vne mer de tristesse
Doit monstrer sa constance, & d'vn diuin effort
Maistre de sa douleur triompher de la mort.
C'est or' que le malheur d'vne perte soufferte
Est suiuy coup sur coup d'vne nouuelle perte;
Ton Espoux,ce grand Prince à peine est au cercueil,
Que voila de ton Pere il faut prendre le dueil.
    Quelle ame de tels coups si viuement atteinte,
Libre ne laisseroit le passage à la plainte?
Quel rocher endurci, quel cœur de diament
Porteroit sans briser l'effort d'vn tel tourment?
Le traict encor sanglant vient de naurer ton ame,
Voila d'vn autre playe vn autre traict l'entame.
Ainsi fertile en maux le redoublé malheur,
Peine sur peine entasse & douleur sur douleur,
Nouueau sujet de pleurs : ainsi l'onde suit l'onde
Le flot pousse le flot. Ha! douleur trop feconde
As tu choisi ce cœur pour tousiours y loger?
Sans cesse y tiendras-tu la dent pour le ronger?
    N'estoit-ce pas assez pour flechir ton courage,
Assez & plus qu'assez pour assouuir ta rage,
De voir la mort trenchant vne sainte amitié

                                    Par

Par force à ceste Dame arracher sa moitié?
En sa premiere fleur cueillir son esperance?
De son heur au leuer estouffer la semence?
Luy rauir son Espoux, seul but de ses desirs,
Son bien, son cœur, son tout, ses amours, ses plaisirs,
Qui l'aimoit, l'adoroit, qui ne viuoit qu'en elle?
Iamais cœur ne s'esprit d'vne flamme plus belle!
Couple heureux! si la mort, ialouse d'vn tel bien,
Traistresse auant le temps n'eust rompu ce lien.

Ce Prince qui portoit en son port, en sa face
Le venerable honneur de sa Royale race,
Qui logeoit accoupplez en son cœur indonté,
La guerriere valeur, la sainte Pieté:
Qui rauissoit à soy les vœuz de la noblesse,
Rauy par le trespas au fort de sa ieunesse,
N'est plus qu'vn peu de cendre. Ainsi la belle fleur,
Qui parfume au Printemps les champs de son odeur,
Du Soleil les amours, des Zephirs caressée,
Tombe du soc cruel mortellement blessée.

Quels furent tes regrets? quels tes pleurs? quel l'ēnuy,
Princesse desolée! ayant perdu celuy,
Qui premier, qui dernier d'vne flamme diuine,
Seul Roy de ta pensée embrasa ta poitrine;
Prince comblé d'honneur, vray Prince; car ce rang

B

Se maintient par vertu, se donne par le sang.

    Quelle fut ton angoisse, helas quelle ta peine
Ta mort suiuoit la sienne, & deux corps, ombre vai ne
Qu'vn seul cœur animoit, n'auoient qu'vn seul tôbeau;
Ia tes yeux se couuroient d'vn eternel bandeau:
Quand malgré sa douleur serenant son visage,
Ton Pere rappella ta pauure ame qui nage
Sur le bord de ta leure, & s'enfuit de son corps:
R'animant par discours tes membres presque morts;
Te priant, t'exhortant, d'vne ame en Dieu rauie,
Te donna deux fois Pere vne autre fois la vie.

    Tout ainsi que la mer, dont les flots irritez,
Bouleuersez des vents, de tempeste agitez,
Enragez, pleins d'horreur, au nocher miserable
Naguere presentoient, vne mort effroiable,
Du ciel reçoit la bride, & en rongeant le frein,
Laisse fendre aux vaisseaux le marbre de son sein:
De ce bon Pere ainsi la douceur eloquente,
Bien qu'à peine, accoisa de ton cœur la tourmente.
L'excés de ton amour ne se veid consolé,
Ce qu'il peût, il laissa ton dueil moins desolé.

    Sept fois, courant le ciel, la changeante Planette
Auoit remply le rond de sa face brunette;
Ton dueil compatissant auecque ta beauté

Deuenu domestique (ô fiere priuauté)
Chez toy s'appriuoisoit, & moderant son ire,
S'y sembloit establir vn moins cruel empire:
Quand de ton Pere! helas ta vie, ton support,
Rapportant le trespas on t'apporte la mort:
Ie me trompe, la mort t'eût esté moins cruelle,
Que l'inopiné bruit de si triste nouuelle.

    Qui, seroit le cruel, le Scythe le Gelon,
Ou si l'alme Soleil void rien de plus felon,
Qui sur vn tel desastre, en ton ame contrainte
Oseroit resserrer le debord de ta plainte?
Qui voudroit refuser d'vne austere rigueur,
Des larmes à tes yeux, des sanglots à ton cœur?
Vne telle douleur, tant à coup redoublée,
Verroit dessous le faix la constance accablée.

    Ceste Royne, qui tint, auec vn si grand nom
Le Sceptre de Castille, & dont le beau renom
Remplit de sa grandeur, la grandeur de la terre,
Qui les Maures donta, qui mit fin à leur guerre
Qui conquit leur Royaume, & d'vne sainte ardeur,
De l'infidelle gent desracina l'erreur;
Cœur d'homme, en corps de femme, inuincible courage,
D'vn coup non attendu sentit en fin l'outrage,
Elle perdit son fils, de son cœur le seiour,

L'espoir de ses estats, de son peuple l'amour.
Ferdinand son mary, qui craint que la destresse
La Royne surprenant, tout à coup ne l'opresse,
Et que pour resister à si cruel effort,
Son cœur, bien que tres-grand ne soit pas assez fort;
Trame vn subtil dessein en son ame Royale;
Que ne peut la ferueur d'vne amour coniugale?
Luy cele ceste mort : comme si le succez
Eust suiuy la nature en l'ordre du decez,
Heureux desguisement , non du fils, mais du Pere,
Le simulé trespas on rapporte à la mere:
Pour le Roy Ferdinand on la voit desoler,
Ses yeux pour son Mary sen alloient ruisseler,
Quand soudain son Mary, que mort elle lamente,
De ioye la comblant, à ses yeux se presente.
Lors , sage Ferdinand , à la Royne tu fis
L'amertume aualer de la mort de son fils:
Ainsi fut du malheur la ioye balancée,
Et la Royne guarie aussi tost que blessée:
De l'humide & du sec le contrepoix egal
Maintient ainsi le corps & l'affranchit du mal.
Mais helas sans confort , par ceste double perte,
Princesse à la douleur ton ame est toute ouuerte:
Ceste Royne Isabelle, heureuse en son malheur,

Eut Ferdinand à dextre à tromper ſa douleur:
Cil qui pourroit le meſme enuers toy, ton cher Pere
Luy-meſme eſt l'argument de ta triſte miſere:
Ainſi ſeul, non meſlé d'aucun allegement,
Ton dueil cruel ſe baigne en ton double tourment.
Si doncques de tes yeux vn large fleuue ondoye,
Ta douleur renaiſſante en ſa douleur ſe noye.
Qui ſ'en eſtonnera? qui parmy tels malheurs,
Parmy tant de trauaux ne fondroit tout en pleurs?
Mais non, Princeſſe, non, ta vertu plus qu'humaine,
Ne peut du deüil la proye, eſclaue de la peine,
Ainſi que le commun, plier ſous ceſte loy,
Plus grande eſt ta vertu, que n'eſt grand ton eſmoy.
Si le mal pour te vaincre, en redoublant ſ'efforce;
Dieu pour vaincre le mal, redoublera ta force,
Courage, du bon Dieu l'infatigable ſoin,
Qui peut tout, qui voit tout, ne nous manque au beſoin.
Allege ton tourment; public eſt le dommage,
La France auecque toy ceſte douleur partage:
Ton Pere dont le nom eſt par tout reueré,
Comme de ſes enfans d'vn chacun eſt pleuré:
Chacun portant au cœur de ton mal vne atteinte
Pleure meſme tes pleurs, plaint encore ta plainte.
Si ton dueil obſtiné refuit d'eſtre allegé,

Qu'en ton affliction tout vn monde affligé
T'esmeuue charitable, & d'vne ame Chrestienne,
Pour la douleur d'autruy modere vn peu la tienne.

    Donne tréue à tes pleurs: resueille ta vertu
Braue sang de Ioyeuse, & ton œil abbatu
Destourné de ton mal, en toy-mesme retournes,
Parle toy-mesme à toy, chez toy-mesme seiournes;
Voy ta chere portée, aduise en ton gyron
Ce rejetton Royal, du lys tendre fleuron,
Ta fille, ton soucy: voy sa main enfantine,
Dont penduë à ton col, collée à ta poitrine,
Elle essuye tes pleurs; voy son ris innocent,
Qui flatteur fait la guerre au dueil quelle ne sent
Sinon au changement quelle voit en ta face.
Voy sa beauté, qui ieune en sa naissance efface
Les plus rares beautez, puissante pour charmer
Du plus cuisant soucy, le fiel le plus amer.
Voy sa bouche, son œil, ou ia l'amour se campe,
Ou ia ses fleches d'or en son miel il destrampe.
Il n'est rien de si beau; l'Aurore du Soleil
Annonçant le retour, n'a le teint si vermeil:
L'esmail delicieux de la belle prairie,
Qui de tant de couleurs au Printemps se varie,
De mille & mille fleurs le champ differenté,

Doux plaisir de nostre œil, n'a point tant de beauté.

    Croissez, belle, croissez, comme la belle Plante

Du ruisseau, qui courant prés de son pied serpente,

Arrousée à souhait; qui rapporte à foison

Sans perdre son beau verd, des fruicts en la saison.

Le Prince, vostre amour, nostre chere esperance,

Haste, en croissant pour vous, les pas de son enfance,

Et bruslant de vous voir Duchesse d'Orleans,

Accuse, impatient, la paresse des ans.

Croissez, enfans, croissez, croissez race Royale,

Et combattez le temps d'vne ferueur egale,

Si qu'il donne, en pressant l'entre-suitte des iours,

En croissant vos beautez, croissance à vos amours:

Si que nos yeux contens voyent la dextre mise

En la dextre, accomplir la foy pour vous promise:

Et vos cœurs, respondans aux vœux d'vn si grand Roy,

Plus vnis par l'amour, que liez par la foy.

    Voy donc ceste beauté ton image viuante

Qui, ia, d'vn œil riant, semble, toute contente,

S'esgayer auant l'aage au doux ressentiment

De l'honneur, ou son heur plein de contentement

Si hautement l'appelle en si haute alliance,

Pour estre Bru du Roy, femme d'vn Fils de France

    De ce Roy, ce grand Roy, race de sainct Louys,

Grand Roy, l'estonnement de nos sens esblouys,
Qui, forçant les efforts de l'horrible Bellonne,
Sur son chef plein de gloire affermit sa couronne.

   D'vn furieux complot, à sa perte obstiné,
Tout sembloit, terre & ciel, contre luy mutiné,
La terre contre luy couuerte de gendarmes
Trembloit dessous l'horreur de leurs iniustes armes:
Contre luy presque seul on veid de toutes parts
Pour le perdre esleuez vn monde de soudarts.
Venez tous, accourez (qui vous le feroit croire?)
Vous portez en vos mains vostre bien, & sa gloire.

  Ce Prince, qui naissant, heureux enfant de Mars
Se veid emmaillotté dedans les estendars,
(De ses nobles trauaux le rude apprentissage)
La grandeur du peril releuant son courage
De son bras foudroyant desueloppe l'effort,
Les rompt, les bat, leur donne & la fuitte & la mort.
Mais, merueille! ô bonté d'immortelle memoire!
Les vaincus ont pour eux le fruict de la victoire:
En grace ils sont receuz par ce Roy triomphant,
Comme vn Pere appaisé retire son enfant:
Ainsi de son amour leurs ames eschauffées
Dans le cœur des vaincus il plante ses trophées
Ainsi son ennemy fut deux fois surmonté,

                       Perdu

Perdu par sa valeur, gaigné par sa bonté.

    Ce ne fut vn torrent, qui du haut des montagnes
Ne vient fondre orgueilleux sur les basses campagnes
Sinon pour perdre tout, bleds, arbres & cheuaux,
Du vieillard laboureur les penibles trauaux
Qui de douleur outré bat sa teste chenuë :
Mais bien vn beau Soleil, qui pressé par la nuë,
La combat, la dissipe & d'aise tout soudain
Victorieux nous monstre vn visage serain,
Nous fait part de sa gloire & par son influence
Nous donne de tous biens vne heureuse abondance.

    Ce Prince aimé de Dieu, viue source du bien,
Mirouër de pieté, dont le grand cœur n'est rien
Qu'amour, que charité ; de ta fille Beau-pere,
Te tiendra lieu, Princesse, & d'Espoux & de Pere.
Donc parmy tant d'attraits, parmy tant de douceurs
Destrempe sagement de ton deüil les aigreurs.
Contre la des-faueur du mal qui t'importune
Oppose la faueur d'vne telle fortune.

    Que ce grand Cardinal, ton Oncle, ton bon-heur,
Exemple de vertu, de son siecle l'honneur,
Regle de saincteté, colomne de l'Eglise ;
Que sa gloire sans pair, par ses hauts faits acquise,
Son grand nom, germe heureux de son los merité,

                           C

Confacrant fa memoire à l'immortalité,
Sa bonté, fon amour, empraints en ta penfée,
Soient le doux entretien de ton ame offenfée.
Grauez dedans ton cœur, remets deuant tes yeux,
Ses geftes renommez, fes trauaux glorieux,
Entrepris d'vn grand cœur, mefnagez par prudence,
Dextrement couronnez du bon-heur de la France.

  L'effroyable Alecton, pefte du genre humain,
Couuerte de ferpens, le flambeau dans la main,
Par toute l'Italie errante efcheuelée,
De cruels mouuemens, la pouffoit esbranlée
A fa propre ruine ; & ia de fon horreur
Se fembloit des Chreftiens animer la fureur:
Qui de zele emporté, le Pape fauorife,
Qui de la guerre ardent la flotante Venife:
Les courages aigris, ne refpirent que Mars
Que fer, que feu, que fang : ia cuident les vieillards
Voir és mefmes mal-heurs l'Italie engagée,
Où ieunes ils l'ont veuë horriblement plongée:
Ils attendent le coup, tout eft remply d'effroy.

  Quand ce grand Cardinal, enuoyé d'vn grãd Roy,
Paroift plein de fageffe, addoucit leur courage,
Et bel aftre beffon appaife cét orage:
De l'amour de la paix leurs cœurs il efchauffa,

Et feit tant que le mal naissant il estouffa.
Triomphant il retourne, & en sa main balance
Le repos d'Italie & l'honneur de la France.

Princesse en ton esprit rappelle ce beau iour
Auquel d'aise rauie, à cest heureux retour
Tu le tins embrassé ; la douleur qui te noye
Vaincuë en ce combat fera place à la ioye.

Mais quoy ? ne crains-tu point de tourmenter les os
De celuy que tu pleure, & troubler son repos?
Son ame au ciel là haut vit de gloire assouuie,
Le pleurer comme mort, c'est luy plaindre la vie:
C'est vouloir l'affligeant des maux le rassieger,
Dont Dieu par le trespas l'a voulu desgager:
Pourquoy pleurer celuy, dont la gloire feconde,
D'vn immortel renom, à remply tout le monde?

Soleil, Pere du iour, qui vas de ton flambeau
Au monde descouurant ce qu'il a de plus beau,
Ton grand œil, qui voit tout, veit-il oncques merueille
Qui fut en sa grandeur, à ceste-cy pareille?
Vn seigneur de grand nom, abandonne en sa fleur
Des Dames, de son Roy la riante faueur,
Quitte tout, ses plaisirs, estats, grandeurs, richesse,
Pour d'vne austere vie espouser la rudesse.
O bon Dieu tout-puissant, que ton amour est fort;

Il ne va pas du pair, il surmonte la mort;
Ceste ame en ce beau feu diuinement esprise
Pour te seruir, Seigneur, tout le monde mesprise.

    Le sort de son pays le rappelle aux honneurs,
Le voila des premiers entre tous les Seigneurs.
Comme alors que la nuict nous couure de son voile
Parmy le ciel brillant de mainte & mainte estoile,
Sur tout, paroist la Lune au beau front argenté:
De mesme sa valeur maintient sa dignité;
Vray Lieutenant de Roy, vray Mareschal de France,
En vertu, comme en rang, les autres il deuance.

    La paix concluë, il quitte & grandeurs & maison,
Où du temps l'embarqua la forçante raison:
D'vn bon religieux il r'endosse les armes,
Les prieres, la croix, les ieusnes & les larmes:
Embrassant derechef ceste saincte rigueur,
Il descouure à chacun le secret de son cœur,
Qu'entrer ne fut vn traict de ieunesse volage,
Et que le retourner fut grandeur de courage.
O bien-heureux retour, admirable est le fruict,
Qu'és ames des Chrestiens ton esclat à produit!
Il presche saintement, & d'vne chere ouuerte,
Fait voir qu'il a trouué son bon-heur en sa perte:
Dans ses austeritez son cœur vole contant,

En la loy de sa regle, il n'est rien si constant:
Sa saincte vie enseigne autant que sa parole,
Mille & mille Chrestiens il redresse & console,
Il ne s'espargne point : La vigne du Seigneur
S'esiouyt sous le fer d'vn si grand laboureur!

Mais, bõ Pere, c'est trop, vous trauaillez sans cesse,
Vostre ame à vostre corps est trop rude maistresse,
Il n'a point de repos, il n'est iamais en paix,
C'est terre & non pas fer, il ploye sous le faix,
Choyez-le, ou ie vous vois en vostre heure derniere,
Au milieu de la course acheuant la carriere.
Il n'en veut rien quitter ; Seigneur en ton amour
En ce feu deuorant, il brasle nuict & iour,
Plus il veut meriter, plus il a de merite,
Il prie, il lit, il presche, il voyage, il visite:
De fait sans se lasser, de trauaux ennobly,
Voyageant, dans sa charge il s'est enseuely:
En ce poinct rencontra ceste ame au ciel rauie,
La borne de ses maux en la fin de sa vie.

Pourquoy donc le pleurer? Princesse il ne faut pas
Plaindre des bien-heureux le precieux trespas,
Donc ne le pleurons plus, le pleurer dauantage,
Ce seroit en son gain cercher nostre dommage:

C iij

Mais en chants de triomphe, eschangeõs nos douleurs:
En ioye, nos tourmens: en liesse, nos pleurs:
Loüons Dieu d'auoir veu ton Pere plein de gloire,
Du monde & de la mort remporter la victoire.

F I N.

BIBLIOTHEQUE IMPERIALE IMPR.

www.ingramcontent.com/pod-product-compliance
Lightning Source LLC
Chambersburg PA
CBHW061734180626
46818CB00006B/2622